KB051720

네오,
너보다 나를 더 사랑해

네오,
너보다 나를 더 사랑해

하 다

지 음

arte

NEO 네오

자기 자신을 가장 사랑하는 새침한 고양이, 네오.
카카오프렌즈 대표 패셔니스타로, 쇼핑을 아주 좋아한다.
도도한 자신감의 근원이 바로 단발머리 '가발'에서 나온다는 건 비밀!
부잣집 도시개 프로도와 알콩달콩 아옹다옹 연애 중이다.

프롤로그

+ 착해 보이지 말아요

나는 늘 '착한 사람'이 되고 싶었어.
이타적이고 늘 웃는 얼굴에
세상 물정 모르고
큰소리도 내지 않는 사람 말이야.

하지만 여기저기서 깨지고 부딪치며 알게 되었지.
착한 사람은 많이 다친다는 걸.

내 호의가 타인의 권리가 되고,
나는 착하니까 애써 괜찮았고…
마음 아프지만, 착해지고 싶다는 마음을
모든 사람이 알아주지는 않더라고.

그러니까 당신은 착해 보이지 않았으면 좋겠어.
사실 속마음은 세상 착하고 순수하더라도 말이야.

당신의 착한 마음이 약점이 되지 않도록
때로는 제법 까칠한 표정을 지어보면 어때?
고양이처럼 약간 눈을 치켜뜨는 게 포인트야.

우리 다 같이 사랑스러운 현실주의자가 되길 바라.

✛ 차례 ✛

part 1

틀림없이 날 사랑하게 될 거야

part 2
한 스푼의 개썅마이웨이 정신

part 3

무조건 나에게 굿나잇 인사를 해야 해!

part 4

오늘은 수고하지 말아요

part 5

우리에게도 꼬리가 있었으면 좋겠다, 첫

틀림없이
날 사랑하게 될 거야

네 발로 걷다가 두 발로 걸으면서
인류가 진화했다고 하잖아.
그럼 누워있다가 네 발로 기어다니는 것도
진화로 볼 수는 없을까?

오늘은 일어나기가 너무 힘들당.

SNS에는 툭 하면 해외여행을 가고
완벽한 얼굴과 몸매를 갖고
명품을 휘감은 그녀들이 가득해.
그녀들도 세상 행복해 보이긴 하지만 지금만은
씻어서 뽀송한 상태로 목 늘어난 티셔츠를 입고
과자를 먹다가 창문을 열어 두고
침대에 누워서 고양이랑 빈둥거리는 내가
제일 행복한 것 같아.

불편하지 않고, 불행하지 않은
누구도 부럽지 않은 시간.
그게 바로 행복이지.

+ 콩알의 미래

똑같은 콩이라도 어떤 건 맛있는 콩밥에 들어가고
어떤 콩은 벌레와 쥐의 양식이 되고
어떤 건 뿌리만 길게 자라 콩나물이 되고
어떤 건 발효되어 된장이 되고
어떤 건 땅에 묻혀 싹을 내고 열매를 맺지.

그러니까 나라는 콩알도 어떤 과정을 거치느냐에 따라
정말 다양한 모습을 가지게 될 수 있다는 거야.

거기 너라는 콩알, 너는 어떤 모습이 되고 싶어?
어떤 모습이든 멋질 거야.
응원할게, 콩알!

정말 스트레스를 많이 받은 날에는
아무리 좋은 음악도, 책도, 강연도, 모임도
다 마음에 들어오지 않아.

그런 날, 난 집에서 혼자만의 의식을 치르지.
단골 치킨집에 전화를 걸어
현미 베이크 오리지널을 한 마리 주문해, 뼈 있는 걸로.
그리고 퍼질러 앉아서 게걸스럽게 뜯어 먹는 거야.

힘든 날엔 배고픈 소크라테스보다는 행복한 돼지가 될래.
무조건 1인 1닭, 닭다리 날개 다 내꺼.

"

불편한 자리에서 먹는 코스요리보다

집에서 츄리닝 입고 편하게 먹는

컵라면이 훨씬 좋아. 후루룩.

"

+

몸이 무겁고 찌뿌둥할 때,
물, 채소, 과일 등 몸에 좋은 걸 많이 먹으라더라.
그러면 몸속 노폐물이 씻겨 내려간다고. 그게 디톡스래.

노폐물이 어디에 어떻게 붙어 있는지,
그리고 그 노폐물이 왜 생겼는지에 집중하기보다는
몸에 좋은 걸 많이많이 먹어주라는 거야.

어쩌면 마음도 마찬가지인 것 같아.
내 마음속에 찌꺼기 같은 감정들이 가득할 때
그 감정들에 집중하고 되새기고 원인을 찾기보다는
내 마음에 좋은 일들을 많이많이 하는 거야.

음악을 듣고, 책을 읽고, 산책을 하고
대화를 하고, 웃고, 울고.

그러다 보면 자연스럽게
찌꺼기 같은 감정들이 빠져나가고
내 마음이 씻은 듯 가벼워질 테니까.

+

가끔 음식을 냉장고에 넣어 두고 잊어버려
유통기한을 넘기곤 해.
며칠 정도야, 먹어도 괜찮지만
오랜 시간이 흐르면 다 상해버려서 먹을 수가 없지.

사람의 마음도 그래.
어떤 감정은 쌓아둔 채 적정 기간을 넘기면
영영 돌이킬 수 없게 변해버리기도 하거든.

그러니까 내 안의 감정을 너무 묵혀두지 마.
꽁꽁 묵혀 둔 감정들이 상해버려서 마음이 무너지지 않게
제 때 마음을 열어서 풀어주라구.

+

내가 나를 사랑한다는 것은
내가 세상에서 제일 멋지다고만
생각하는 것이 아니라
별로 멋지지 않아도 괜찮다는 것을
믿는 거야.

나조차 내가 부족하게 느껴지는 날에도
나는 여전히 괜찮다는 걸 아는 것.

UN총회에서 BTS의 RM이 연설하는 영상을 봤어.
세상에 그 대단한 자리에서 떨지도 않고
사람들을 바라보며 당차고 힘 있게 연설을 하더라고.
나 같은 소심쟁이는 저런 건 꿈도 못 꾸는데, 하면서
멋지다고만 생각했지.

그러고 나서 어느 날, MBTI에 대한 글들을 읽다가
RM이 사실 나와 같은 내향형 인간이라는 걸 알게 됐어.
그렇게나 당당하던 사람이 내향형 인간이라니
자신의 기질을 뒤엎을 만큼
정말 많이 준비하고 노력해왔겠구나, 싶었지.

사실 MBTI 성격검사는
'네 성격은 이러니 부족한 점을 보완해라'라는 의도래.
그러니까 나처럼 지극히 내향적인 사람은
의도적으로 외향적인 면을 보완하면 좋다는 거지.

그래서 나는 이제 RM처럼 힘주어 말하고,
말끝을 흐리지 않고, 일부러 강하게 주장하려 해.
마치 개헤엄을 치는 고양이처럼 말이야.

고양이는 본능적으로 물을 싫어하거든.
그런데 가끔 물고기를 사냥하거나, 필요할 때라면
애를 써서 개헤엄을 치곤 하는 거래.

그럼 고양이들, 나랑 같이
용감하게 물에 들어가 보지 않을래?
조금 힘들겠지만, 노력만큼 멋지게 나아갈 수 있을거야!

쇼핑을 흔히 사치라고 하고
낭비라고 하더라?
근데 쇼핑은 단순히 돈을 쓰는 행위가 아니야.

난 동물 실험을 하는 회사 제품은 사지 않고,
갑질 논란이 있는 회사 제품도 사지 않거든.
희귀병에 걸린 아이들을 돕는다는 회사를 선호하고,
공정무역 커피를 사 마시곤 하지.

그러니까, 사실 소비는 내 정체성과 가치관을
적극적으로 드러내는 행위라는 그런 말이야.

자본주의 사회에서 우리가 목소리를 내는
가장 강력한 방법은 어쩌면 소비가 아닐까?

왠지 오늘은 좀 목소리를 과하게 낸 것 같기도 하지만
뭐... 어쨌든 나는 내 의사 표현을 한 거야.
그런 걸로 해두자. 흠흠.

"

아직 뜯지 않은 택배 박스만큼

나를 설레게 하는 것이 또 있을까!

"

감자튀김을 먹다가 문득 그런 생각이 들었어.

세상에. 감자를 먹어도 되는 건 누가 알아냈을까?

땅속에 묻혀 있는 못생긴 덩어리들이 이렇게 맛있는 걸

어떻게 알았난 말이지.

수없이 많은 사람들이 이것저것 먹어보다가

먹으면 안 되는 열매를 먹고, 풀을 먹고, 뿌리를 먹고

병이 들거나 죽었을 것 아냐.

내가 안전하게 감자튀김을 먹게 되기까지

얼마나 오랜 세월, 얼마나 많은 사람들의 도움을 받은 걸까

새삼 감사하게 되더라고.

밥상에서 유구한 역사를 느끼고 있지.

그게 오늘 내 과식의 이유야.

발레리나의 멍들고 다친 발에는

열정과 노력이 담겨 있어서 아름답다고 하잖아.

근데 왜 내 배는 아름답지 않다는 거야?

오래 앉아 있는 사무직은 아랫배가 나올 수밖에 없단 말야.

내가 얼마나 열정적으로 일했으면

이렇게 배가 나왔겠냐고.

이것도 다 내 노력의 산물이라고.

이제 더는 내 배를 압박하지 않으려고 해.

아름다운 내 아랫배에 자유를!

> 뭐해?
> 오후 2:00

> 취미 생활
> 오후 2:02

> 오, 뭔데?
> 오후 2:03

> 누워 있어. ㅋㅋ
> 오후 2:05

어렸을 때부터 자기소개를 할 때면

항상 취미와 특기를 적어야 했어.

아주 습관처럼 독서, 작문, 요리를 적었지.

특히 이력서 쓸 때는 건실한 청년처럼 보이려고
마라톤이라고 적었고 말야.

하지만 적을 때마다 거짓말하는 기분이 들었어.
세상에 무슨, 취미까지도
바람직하고 액티브하고 교양 있어야 하냐고.

사실 내가 가장 좋아하는 건 와식생활이거든.
누워 있는 건 건강에도 좋다고!
현대인은 너무 오래 서 있고 앉아 있잖아.

그러니까 혈액 순환이 안 되고, 목과 허리가 아프고
치질이 오고, 디스크가 오고
얼굴이랑 엉덩이가 아래로 축축 처진단 말야.

사람은 적당히 누워 있어줘야 해.
사실 나 이 글도 누워서 쓰고 있다.
역시 눕는 게 최고야, 늘 짜릿해.

"

사람들과 한참 떠들고 돌아온 날엔

기분은 좋은데 약간의 피로감이 느껴져.

그러니까 나 잠깐 무음모드로 있을게.

지금 나는 숨을 돌릴 시간이 필요해.

"

내 안엔 내가 너무도 많아.
직장을 다니는 나도 있고, 동물을 좋아하는 나도 있고
글을 쓰는 나도 있고, 딸내미인 나도 있고
믿음직스러운 친구인 나도 있지.

그러니까 오늘의 어떤 나에게 실망스러운 일이 있다고
다른 나를 다 구박하고, 쓸모없다고 하진 마.

사실 나한테는 무조건 내 편인 나도 있거든.
무조건 내 편인 내가 아주 다 지켜볼 거야.
나 이 녀석, 나를 구박하기만 해보라지.

고양이를 키우기 전에는 그 매력을 몰랐어. 그냥 길에 지나가는 고양이는 사나워 보이고, 불러도 오지 않고 잔뜩 경계하는 모습은 까칠해 보이기만 했지. 그러다 유기된 고양이를 발견해서 우연히 키우게 됐는데, 세상에 정말 충격적으로 사랑스러운 거 있지.

숨 쉬는 모습, 놀라는 눈동자, 좋을 때 구룩거리는 소리, 보들보들한 촉감, 늘어진 뱃살까지도. 알면 알수록, 보면 볼수록 예쁘고 좋더라고. 하다못해 말썽을 부려 화를 내고도 괜히 미안하고, 화해하면서 더 정들고 그래. 지금은 똥 싸고 흙을 덮는 모습조차 귀여워.

그러니까 나도 한번 천천히 알아가 볼래?

고양이처럼 알수록 사랑스러울지도 모르잖아.

네오씨, 주말에 뭐해요? 오후 2:00

오후 2:02 중요한 스케줄이 있습니다.

 네오야, 내일 만날래? 오후 2:03

오후 2:05 미안, 약속이 있어서~

📞 🎥

나와의 약속 : 하루 종일 집에서 쉬기! 전송

그거 알아? 고양이는 영역형 동물이라 자기 영역 안에
만 있어도 만족한대. 그래서 강아지처럼 산책을 시켜주
지 않아도 되는 거래. 아마도 나 역시 영역형 동물인 게
틀림없어. 내 집, 내 영역(침대)에 좀 있어 줘야 에너지
가 충전이 되거든. 누워 있을 수 있고, 먹을 거 있고, 옷도
편하게 입을 수 있는 집이 짱이지. 그런데 학교도 다니고
회사도 다니느라 내가 참 고생이 많아. 그래서 나는 혼자
조용히 쉬는 나만의 시간이 꼭 필요해.

집값이 하늘로 치솟는 요즘, 집에 최대한 많이 붙어 있어
야 본전을 찾을 것 같다는 생각도 들고 말야.

당신의 주변 사람들은 당신에 대해 뭐라고 말할까?
내 주변 사람들은 나를 그냥 조용한 사람
키 작고 평범한 사람으로 여길 거야.
누군가는 별 볼 일 없는 사람, 촌스러운 사람
겉도는 사람으로 생각할지도 몰라.
그리고 가끔씩, 그들이 가지고 있는 생각들이
어떤 단어 하나에 담겨서 나를 툭, 치기도 하지.

어떤 날은 그게 신경이 되게 쓰일 수도 있어.
아, 그렇게 말하는 걸 보면 당신은 나에 대해
이렇게 생각하고 있었겠구나, 짐작하고
마음이 멀어지기도 하고.

하지만 마음 쓰지 마.

어차피 나를 제일 잘 아는 건 나잖아?

그들에게 내 모습을 다 보여주지도 않았는데 뭐.

맘대로 판단하는 무책임한 말에 상처받을 필요 없어.

누가 당신에 대해 헛소리를 하면 콧방귀를 뀌어줘.

자기가 뭘 안다고, 나를 나보다 잘 알아?

내가 얼마나 괜찮은 사람인데!

사람 보는 눈도 없고 말도 함부로 하고

그것참 웃기는 짬뽕이네, 하고 말이야.

어렸을 땐 무조건 사랑받는 사람,
사랑스러운 사람이 되어야 한다고들 했어.
누구는 '사랑받는 여자는 얼굴빛부터 다르다'고 말했고
누구는 '러블리'의 '블리'를 따서
브랜드나 SNS 아이디를 만들더라고.

그런데 학교를 다니고 조별 과제를 하고
취직을 하고 사회생활을 하면서
내가 능숙한 사람이 될수록
사람들이 말하는 '사랑스러움'과는 거리가 멀어지는 거야.

나는 찌들어 있었고, 자주 웃지 않았고
가끔은 예리했으며 까칠하기도 했지.

그런데 겉보기에 사랑스럽지 않은 내 모습이
더 유능하고 영향력 있고
더 나답고 편안한 거 있지.

누군가가 나를 사랑해야만 생기는 가치라면
그게 내 정체성이 될 순 없잖아.
사랑받지 못한다고 내 가치가 없어지는 것도 아니고.

나는 앞으로 누군가에게 사랑받는 것 대신
스스로 깊고 유능하고 야망 있고 끈기 있는
가끔은 화끈하고 확실한 그런 사람이 되려고 해.

뭐, 그렇다고 네가 날 사랑하는 걸
굳이 굳이 막지는 않겠지만 말이야.

"

흔히 너 없으면 못 산다는 말을 하지만

혼자서도 잘 살 수 있어야 둘이서도 잘 사는 거야.

내겐 내 할 일이, 네겐 네 할 일이 있으니까.

우리는 각자의 인생을 지킬 거고,

열심히 공부하고 열심히 일하고

열심히 돈 벌면서 함께하자고.

내 길을 걷다가, 같이 쉬다가

다시 또 내 길을 걸어 나가야지.

"

한 스푼의

개쌍마이웨이 정신

다른 사람에게 부탁하는 것보다
혼자 짊어지는 것이 편한 사람들이 있어.

그들은 회사에서 야근을 많이 하거나
다른 사람들이 기피하는 일을 떠맡곤 해.
가끔씩은 억울해하면서도 꼭 열심히 하지.
'그래도 내가 맡은 일이니까' 하면서.

이런 상황이 자꾸 반복되면 주변에선
그 사람만 많은 일을 하는 것을 당연하게 생각하게 되고,
과중한 업무가 자주 주어지기도 하더라.

그러니까 너무 혼자 짊어지려 하지 말자.
물론 누군가에게 부탁을 하거나
의지하는 것도 쉽지만은 않은 일이지만
가끔은 불편하더라도 타인에게 부탁하고
함께 짐을 지는 것도 필요해.

짐을 함께 짊어져야 동료애도 생기고
억울한 상황도 피할 수 있고,
나에 대한 존중도 두 배가 될 테니까.

힘들다고 혼자 울지 말고,
알았지?

아빠는 젊은 시절 다 바쳐서
거의 30년을 회사에 다니셨어.
그러면서 딸 둘을 키워내셨지.
취직을 하고 나서야
그게 얼마나 대단한 일인지 알게 됐어.

회사 다니는 사람들은 정말이지 모두 대단해.
아침에 눈을 뜨고 일어나서
어김없이 주어진 자리로 가서 미션을 수행하고
여러 명이 함께 협업하여 회사를 이끌어 나가고
노동의 대가로 가족을 지킬 수 있는 수익을 얻는 게
얼마나 대단해.

전철을 타보면 수많은 사람들이

피곤에 찌든 얼굴로 일하러 가고 있어.

그 얼굴 뒤에는 꿈과 책임감과 열정이 숨어 있겠지.

회사에 출근하면서

누군가는 가족을 지키고

누군가는 내 미래를 지키고

누군가는 자아를 실현하고 경력을 쌓겠지.

그러니까 "무슨 일 하세요?"라는 질문에

'그냥 회사 다닌다', '평범한 회사원'이라고 답하지 않기를.

회사를 다니는 건 '그냥'이 아니라 정말 대단한 일이야.

직장 생활을 하다가 막막할 때, 내가 쪼렙이라고 느껴질 때
멀리서 조언을 찾으려 하지 말고
주위를 둘러봐.

빠른 일처리는 김 대리를 보고 배우고
윗사람한테 어필하는 법은 강 과장에게 배우는 거지.
신 부장의 헛소리에 전 사원의 대처하는 센스를
회의 시간에 이 대리가 스무스하게 업무를 피하는
눈짓과 말투를 배우는 거야.

물론 '저 사람처럼 되진 말아야겠다' 싶은 반면교사도
아~주 많아.

저렇게 내가 다 한다고 하고 끙끙거리지 말아야겠다
저렇게 말을 더듬지 않으려면
평소 업무 상황을 제대로 체크해두어야겠다 등등.

직장생활 멘토는 멀리 있지 않아.
심지어 내 주변의 멘토는 우리 회사 맞춤형이잖아?
주변을 둘러보며 닮을 점은 배우고
닮지 말아야 할 점은 배우지 않는 거야. 그러다 보면 어
느새 만렙이 되어 있을 거라고.

"

직장생활에서 항상 필요한 것은

한 스푼의 '개쌍마이웨이 정신'.

오늘은 남의 눈치 안 보고

칼퇴할게요!

"

늘 잘하던 사람이 한 번 못하면
엄청 욕먹고, 실망스럽다고 혹평을 듣지.
근데 늘 못하던 사람이 한 번 제대로 하면
"올, 다시 봤는데? 의외로 괜찮은 사람이네" 하는 게
팩트라고. 참나.

그러니까 언제나 완벽한 모습을 보이려고 너무 애쓰지 마.
어차피 더 많이 잘한다고 더 좋게 보는 게 아니거든.
맘 편히 가지고 할 수 있는 만큼만 해.
사람이 잘할 때도 있고 못할 때도 있는 거니까.

① 먼저 다가오는 사람이 반드시 좋은 사람은 아니다.

② 말의 내용보다 말투와 눈빛이 효과적이다.

③ 까칠한 사람이 사실은 따뜻한 사람일 수 있다.

④ 말에는 반드시 책임이 따른다. 특히 뒷담화 같은 것.

⑤ 유능하다고 승진하는 것은 아니다.

⑥ 너무 달콤한 제안에는 그럴 만한 이유가 있다.

자신감 있는 태도를 보이고는 싶은데 나도 모르게 어깨가 움츠러들고 눈치를 보게 될 수 있지. 그럴 때는 나를 탓하기 쉬워. 도대체 나는 왜 이럴까. 남들처럼 당당하게 행동할 수 없을까. 왜 이렇게 지질하고 못났을까. 역시 난 이것밖에 안 되나. 이렇게 괜히 나를 미워하면서 주눅 들지 말아. 사회생활 많이 해보지도 않았는데, 온갖 사람들과 함께 일하다 보면 그럴 수도 있더라고.

이렇게 생각하면 어때?
나는 사실 건물주고 부자인데 그냥 먹고 놀기엔 인생이 재미없으니까 취미로 회사에 다니는 거다, 다른 회사에서 지금 연봉의 두 배로 스카우트 제의가 왔는데 커리어

를 쌓아 보려고 여기 있는 거다, 사실은 내가 이 회사의
후계자다, 등등.

상상만으로 어깨가 주우욱 펴지지 않니?
이제 소심한 생각은 버려. 알겠지?
너는 취미로 회사에 다니는 거니까.
여기 네 상사들이 너를 위해 열심히 일해주고 있으니
감사한 마음으로 커리어를 쌓아보자구, 흥흥.

"

겸손이 미덕이라고 하지만,

회사에서 그 미덕이 지나치면

독이 되어버리기도 해.

내가 아니면 누가 날 알아주겠어?

자칫하면 내 연봉이 겸손해질지도 몰라!

"

영화 〈가디언즈 오브 갤럭시〉에는 '그루트'라는 외계 생물체가 등장해. 그 캐릭터의 모든 대사는 "아임 그루트." 인사할 때도 "아임 그루트", 뭔가를 설명할 때도 "아임 그루트", 화내거나 욕을 할 때도 "아임 그루트"라고 하지.

가끔 회사 생활을 하면서 이 말을 되뇌곤 해. 정말 욱하고 화나서 내 감정을 쏟아내고 싶은데, 차마 그러지 못할 때가 있잖아. 말해버리고 나면 후회할 것 같다든지, 너무 심한 욕이 나올 것 같을 때.

그때 복도를 한 바퀴 돌면서 중얼거리는 거야.
아임 그루트. 아임 그루트. 아임!! 그루!!트!!!!!!!!!!

+

척을 하자, 척척척

생각보다 사람들은 내가 어떤 일을 얼마나 하는지 잘 모르더라. 모르면서 꼭 넘겨짚어 판단을 하니 문제야. 보이는 일부만으로 누구는 유능하다, 누구는 일을 많이 한다고 단정을 지어버리는 우리 부장님처럼 말이지. 그런데 바꿔 말하면, 내가 바쁘다 내가 유능하다 내가 잘났다는 티를 팍팍 낸다면 나는 일을 많이 하는 사람, 유능한 사람, 잘난 사람이 될 수 있다는 거 아닐까?

그러니까 기왕이면 척을 좀 했으면 좋겠어!
바쁜 척, 유능한 척, 잘난 척을 팍팍 해주는 거야. 조용하게 일만 산더미같이 하고 아무도 알아주지 않는 사람 대신, 한 만큼은 인정받는 사람이 되고 싶어.

재주는 곰이 아니라 내가 부리네

직장생활하다 보면 한 번씩은 꼭 겪는 일. 분명히 내가 한 일인데 공이 다 다른 사람에게 넘어가는 경우. 재주는 곰이 부리고 돈은 왕 서방이 받는 꼴이지. 그저 나는 내게 주어진 일을 묵묵히 해냈을 뿐인데 왜 이런 일을 겪어야 하나 무지 억울할 거야.

우리는 시시때때로 내가 한 일을 소문낼 필요가 있어. 탁상달력에 매일 한 일을 빼곡하게 적어서 보란 듯이 놔두는 거야! 야근 시간도 꼬박꼬박 적어두고. 주변에 내가 하는 일을 미리 알리는 것도 좋고. 미련곰탱이처럼 조용히 주는 일을 다 하기만 하면, 왕 서방 주머니만 두둑해질지도 모르니까. 흥.

주중엔 항상 아파. 어깨도 너무 결리고, 머리도 아프고, 체력의 한계를 느껴. 잊을 만하면 한 명씩, 건강 문제로 회사를 떠나는 사람들이 있고. 어쩌면 우리는 우리의 건강을 하루하루씩 지출하면서 그 대가로 월급을 받는지도 몰라.

그렇다고 회사를 그만둘 수도 없고,
그렇다고 건강을 포기하기는 너무 억울하니
우리가 우리 건강을 하루하루씩 늘려보는 건 어때?
엄청난 걸 시작하기 어렵다면
하루 5분 스트레칭부터!

"

좋아하는 일만 할 수 없는 게 직장생활이라지만

여길 내가 좋아하는 곳으로 만들 순 있지.

그래서 나는 홍차와 간식

푹신한 방석, 귀여운 담요

향긋한 디퓨저, 편안한 발 받침대를 들였어.

이렇게 일상 한 구석에 내가 좋아하는 걸

들여놓는 건 생각보다 중요하거든.

걔네들이 틈틈이 나의 행복지수를 높여줄 거야.

"

난 언제나 '일 잘하는 사람'이 되고 싶었어.
그러다 보니 잘 해냈을 때는 자신감이 샘솟다가도
조금이라도 실수하면 자신감이 곤두박질쳤어.

내 정체성을 '일'에서 찾았기 때문에
불안이 오고 좌절이 왔어.
잘하는 사람이 되고 싶은 마음은
오히려 나를 감정 기복이 심하고 전전긍긍하는,
프로답지 못한 사람으로 만들었지.

나중에야 알았어.
나는 일을 잘하는 '사람'이 아니라

'일' 자체에 집중했어야 했다는 걸.
공부든 일이든 뭐든
잘 되는 날이 있으면
안 되는 날도 있는 거니까,
거기에 나의 정체성을 매달지 않기로 했어.

그저 주어진 '일'에 집중하고 잘 해내야지.
그런 순간들이 모이고 모이면
나는 분명 멋진 사람이 되어 있을 테니까.
물론 당신도.

회사는 돈 버는 곳이니까

직장인들에게 고민 상담 메시지를 받을 때마다 내 예전 이야기 같아서 눈물이 핑 돌아. 역류성 식도염과 위염, 새치, 목에 담까지 줄줄이 날 따라다니던 날들. 그때의 나는 대부분의 시간을 회사에서 보내고, 만나는 사람은 회사 사람들뿐이었어. 회사가 내 전부라고 느꼈지. 그래서 회사에서 갑질을 당하면 내가 정말 못난 사람 같고, 실수를 해서 한소리 들으면 내 자아가 부정당한 것처럼 상처받고, 퇴근 후에도 회사 일로 고민했어.

지금 생각해보면 회사가 뭐라고 그렇게 목을 맸나 싶어. 나는 회사만을 위해 존재하는 부품이 아니잖아? 우리는 다른 회사에 취직할 수도 있고, 주말엔 회사와 무관하게 다른 즐거움을 찾을 수도 있고, 아예 다른 일을 할 수도 있고. 정말 다양한 방향으로 살아갈 수 있어.

그러니 적어도 회사에 모든 걸 걸어놓지 말아. 퇴근 후에 동호회에 다니고 주말엔 취미 활동을 하는 거야. 회사를 전부로 여기지 않을수록 오히려 마음에 여유가 생겨서 일이 더 쉬워질 수도 있어. 되도록 쉽게 벌자. 스트레스 덜 받고, 내 삶을 풍요롭게 영위하는 게 더 중요해.

"

직장인이 가장 신중해지는 시간은

뭐니뭐니해도 점심시간이지.

자동차도 기름을 넣어줘야 굴러가듯

직장인에게도 밥을 넣어줘야

굴러갈 것 아니야.

구르더라도 먹고 구르자, 먹고.

"

+

나는 직장에서 동료나 상사의 뒷담화를 하지 않아.
내가 착해서가 (절대) 아니고, 나를 위해서야.

예전에 직원들 여럿이 모여서 대표의 뒷담화를 한 적이
있었거든? 그런데 그 일이 지나고 나서, 신나게 같이 욕
하던 A가 여럿이 있는 자리에서 "B랑 대표님 사이 나쁘
잖아요"라고 말하는 거 있지.

당연하게 사람들이 무슨 이야기냐고 물었고 A는 "아무
것도 아니에요" 하고 대충 얼버무렸어. 그러자 사람들은
'아하..' 하면서 뭔가 눈치챈 표정을 짓더라고. 이제 사람
들은 암묵적으로 'B가 뒤에서 대표 욕을 했구나'라고 생

각하겠지.

사실 정말로 A의 실수였을 수도 있어. 그러나 의도가 무엇이든 결과는 같겠지. 직장 사람들과 나누는 뒷담화는 언제나 공개될 위험이 있다는 점을 명심해야 해.

본의 아니게 뒷담화하는 자리에 끼게 되더라도 그냥 "하하 허허 정말요" 정도로 적당히 넘어가는 편이 좋아. 가볍게 뱉은 말은 나의 약점이 될 수도 있고, 부메랑처럼 내 뒷통수를 때릴 수 있으니까.

어떤 회사에 다니는지가 그 사람의 간판이라고들 하잖아.
나도 아주아주 솔직하게 말하면
대기업에 들어간 친구를 만나니 약간 주눅이 드는 거 있지.
괜히 내 회사 이야기를 솔직히 털어놓을 수가 없고 말이야.

그런데 가만히 지켜보니,
국내 최대 기업에 들어가서 나를 주눅 들게 했던 친구가
일이 너무 힘들다고 펑펑 울며
1년 만에 도망치듯 퇴사하기도 했고
미래라곤 없을 것 같은 영세한 회사에서
세월을 보내던 친구가
결국 안정적인 중견기업에 취직하기도 하더라.

사실 회사는 내가 잠시 몸담고 있는 곳인데
우리는 너무 큰 가치를 매달아두는 것 같아.

좋은 회사 다니는 사람에게 위축되지도 말고
별로인 회사 다니는 사람을 무시하지도 말자.
우리의 인생은 생각보다 길고,
회사는 직원의 가치를 절대로 결정할 수 없어.

우리 회사가, 우리 팀 상사가, 우리 거래처가
얼마나 비상식적으로 행동하는지
나를 얼마나 들들 볶고 열 받게 하는지.
그래서 내가 지금 얼마나 화나고 서럽고 열 받는지
엄청 털어놓고 싶을 때가 있잖아.

그렇지만 그 상황을 모르는
주변 사람들에게 털어놓는다면
그 사람들이 정확히 이해하기도 어렵거니와
자칫하면 애먼 사람들에게
내 감정만 쏟아놓게 될 수 있어.

그래서 서로 정말 믿을 수 있는
직장 동료가 한 사람쯤 있는 것도 좋아.

서로 힘든 일을 털어놓고, 욕도 시원하게 쏟아내고
현실적인 조언도 해주고, 커피 한 잔씩 물고
다시 파이팅할 수 있는 그런 동료가 있다면
회사 생활이 조금은 쉬워질 수 있으니까.

"

윗사람한테 너무 쩔쩔매지 마.

직급은 계급이 아니잖아?

그러니까 내 말은,

저 사람이 나보다 윗사람인 건

회사 한정이라고.

알겠지? 어깨 펴고 고개 들어.

"

+ + +

part
3

무조건 나에게
굿나잇 인사를 해야 해!

어쩌면 사람은 사랑할 수 있는 양이
저마다 다 다른가 봐.
나는 마치 코스트코 식초처럼 사랑 용량이 5리터인데
너의 사랑 용량은 0.5리터인가 봐.

네 입장에서는 아마도 최대한의 사랑을 쏟아붓고 있는
데 얘는 왜 부족하다는 걸까 하겠지만, 5리터짜리의 인
간은 늘 텅 빈 느낌이 들고 갈증이 난다고. 그래서 애정
을 갈구하거나 입을 꾹 다물고 참느라 힘들다고. 아마도
그 인간의 텅 빈 4.5리터의 공간에는 외로움이 들어차 있
는지도 몰라.

적정 온도라고 알아? 건강한 사람에겐 20도 정도가 적정 온도래. 아기들은 조금 더 높은 22-24도 정도고, 만성질 환자는 26도 이상이고. 그런데 나는 더위를 좀 타서 18도만 되어도 딱 좋다? 그런 걸 보면 적정 온도라는 게 저마다 조금씩 다른가 싶기도 해.

어쩌면 연애도 마찬가지인 것 같아. 어떤 커플은 종일 연락하고, 이틀에 한 번은 봐야 하지만 어떤 커플은 하루에 두 번만 연락하고 일주일에 한 번만 만나기도 하잖아. 사람마다 편안한 온도가 조금씩 다른 거지. 그러니까 다른 커플의 온도와 비교하지 말자. 우리의 적정 온도를 찾았다면 거기 편안히 머물면 되니까.

"

너는 내가 열심히 어필하지 않아도

나를 알아주는 사람.

그런 네가 있어서 너무 힘들고 지쳐도

견딜 수 있어.

"

어떤 남자는 나를 보고
처음엔 네가 반짝거렸는데
이젠 빛이 다 바랬어.
넌 회색 같아. 라고 말했고

어떤 남자는 나를 보고
너는 밝음과 어두움이 적당히 섞여서
더 알고 싶어져.
넌 회색 같아. 라고 말했어.

두 사람에게 나는
회색이었지만

어떤 이는 그래서 떠나고
어떤 이는 그래서 남더라고.

그러니까 누군가의 취향에 너를 맞추려 하지 마.
너는 그냥 너의 색깔을 잃지 말고
네 색 그대로 사랑해줄 사람을 기다리면 돼.

알잖아? 세상에 남자 많다.
너를 바꾸면서 그의 곁에 남아 있진 마.

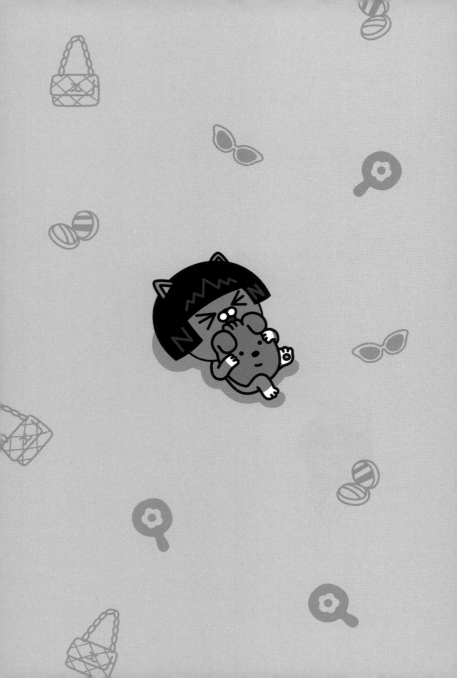

"

어제와 별다를 게 없는 나의 오늘이

이유 없이 웃음이 픽픽

새어나오는 날이 되기도 하고

가슴이 터질 것 같이

답답한 날이 되기도 하지.

바로, 너 때문에.

"

연애할 때는 앞뒤 재지 않고 올인하는 편이었어.
사랑을 위해서라면 많은 걸 포기했지.
취미생활도, 학점도, 돈도, 친구와의 만남도
가족과의 시간도.
주말은 당연하다는 듯 애인과 보냈지.

근데 지나고 나니까 후회가 되더라고.
나 자신을 전부 털어버린 것 같아서.
어느 날인가 일어나 보니, 내겐 애인 말고
아무것도 남지 않은 것 같아서.

그렇게 나를 비워버리고 나니까
그에 대한 판단력이 흐려지고
헤어지고 싶은 생각이 들어도 확신이 들지 않고
확신이 들어도 당장 빠져나오기 어려워 미루게 되고
어찌저찌 헤어지더라도 혼자서는 뭘 해야 할지 몰라
바로 다른 기댈 구석을 찾게 되더라고.

그러니까 부디 사랑을 하더라도 모든 걸 놓지 않기를.
내 생활, 내 가족, 내 친구들, 내 성적, 내 커리어 등
소중한 것들을 팽개치지 않기를.
내가 사랑해야 할 사람 0순위는 나니까.

난 네가 좋으면서 싫어.
뭐든 함께하고 싶고, 웃는 얼굴이 너무 멋지고
너와 손을 잡고 걷는 것도 행복하고
늘 내 편인 것 같아 정말정말 좋은데
약속시간에 또 늦고, 상처가 되는 말을 무심하게 툭 내뱉고
사소한 일에도 섭섭해지는 내 마음을 몰라주니까
너무너무 미워 죽겠어.

사실 네가 아니라 다른 사람이라면
그 사람이 어떻게 행동하든
그렇게 좋거나 그렇게 싫진 않은데 말야.

그런데 너는 내 마음속에 지분이 있어서 그런지
어떤 감정이든 증폭시키거든.

그래서 나는 너에 대한 감정을 '좋싫음'이라고 할 거야.
나는 너를 가장 좋아하면서, 동시에 너를 가장 미워하니까.

그러니까 잘해라.
싫음이 좋음을 이기지 않게
평소에 잘 하란 말이야, 알겠어?

가끔은 가장 솔직한 너의 모습이

가장 섹시하고 인간미 넘치는걸.

꾸미려고 하지 말고

네가 느끼는 그대로를 이야기해봐.

잠자기 전에 머리맡에 떠 놓는 물을 '자리끼'라고 한대.
자다 깨서, 혹은 다음 날 아침 눈 뜨면
목이 마를 수도 있으니까 미리 물을 준비해두는 거야.

그래서 말인데
나는 네게 자리끼 같은 사람이 되고 싶어.
문득 자다 깨서 사무치게 외롭고 공허한 밤이 있잖아.
그렇게 이유 없이 목마른 밤에 나를 기억해줬으면 해.
내 존재가, 내가 네 편이라는 사실이
너의 갈증을 덜어줬으면 해.

아니면 피곤 탓에 한 번도 깨지 않고
쭉 뻗어 잔 다음 날 아침
물 한 컵을 마시는 시간만큼 나를 생각해줬으면 해.
기쁠 때에도 힘들 때에도 그렇게 하루를 열었으면 해.

그러니까 이제부터 자기 전엔
무조건 나한테 굿나잇 인사를 해야 해.
물 떠다놓는다 생각하고 하라고, 잘 알겠지?

사랑의 유효기간은 2년이라고 하잖아.
그 말을 항상 슬프다고 생각했거든.
사랑을 하면서도, 곧 식어버리지 않을까
지금의 이 감정은 언제까지 지속될까
이전의 다른 사랑들처럼 변해서 없어지지 않을까
한창 사랑에 빠져 있을 때도 가슴 졸였지.

지금 생각해 보면, 그때의 내가 참 안쓰럽고 바보 같아.
항상 뜨겁고 열정적인, 언젠간 식어버리는 그 감정만
사랑이라고 생각했지 뭐야.

사람이 10년이고 20년이고 뜨거울 순 없잖아.

일도 하고, 꿈도 키우고, 사회생활도 해야 하는데

계속 펄펄 끓는 사랑만 하는 건

사실은 사랑을 더 빨리 식게 만드는 게 아닐까?

사랑을 하면서도, 자신의 삶을 꾸려나가는

내가 싫어했던 미적지근한 사랑이

어떻게 보면 한 단계 더 성숙한 사랑이라는 걸 알았어.

식는다고 사랑이 아닌 게 아닌 거지.

그러니까 펄펄 끓는 열탕이 아니라고 실망하지 마.

미지근할수록 때가 더 잘 부는 거 모르니.

"

인기가 별로 없다고 주눅 들지 마.

어차피 네게 필요한 건,

너의 겉모습만 보고 들이대는

열 명의 쭉정이가 아니라

너를 있는 그대로 사랑해줄

단 한 사람이라고.

"

썸

:

서로 호감을 갖고 데이트는 하지만
아직 너는 내 사람이라고 서로 정하지 않은 상태.
그래서 다른 사람을 만나지 말라고 할 수도 없고
일어나자마자 연락을 하려다가 주춤, 하는 그런 상태.

데이트하는 날이 되면 오늘은 사귀나? 싶어서
최대한 꾸민 모습으로 나가지.
그러다 집에 오면 이러다 말까 봐
아무 것도 아닌, 스쳐가는 사이가 될까 봐 걱정하고
답장이 조금만 늦게 오면 마음이 식었나, 싶고 말이야.

좋으면 좋은 대로 설레서 심장이 팔딱팔딱
아니면 아닌 대로 불안해서 심장이 쿵쾅쿵쾅
아무래도 나는 썸을 타면서
오랜 지병인 저혈압이 깨끗이 나은 것 같아.

그래, 진짜로 나 다 나았으니까
이제는 좀 "오늘부터 1일!"이라고 외쳐줄래?

남자 얼굴 본다고 하면, 철 안 들었다고 하고.

남자 키 본다고 하면, 너도 작으면서 왜 키 따지냐고 하고.

남자 능력 본다고 하면, 속물이라고 욕하고.

아놔. 다 조용히 해.

나는 나랑 사랑하고 함께할 단 한 사람을 찾는 거야.

내가 사귈 사람 내가 고르겠다는데 뭐가 문제야?

내가 뭘 보든 내 맘이니까 상관하지 말라구.

내가 너에게 감동받는 순간은
케이크 위의 과일을 준다든가
콘 아이스크림 아래의 초콜릿 꽁다리를 준다든가
된장찌개에 든 꽃게를 준다든가 하는 순간들.

귀한 걸 내게 주는 거잖아.
자기 입으로 음식이 들어가는 것보다
내가 맛있게 먹는 게 기쁜 거잖아.

생각하니까 너무 고마워서 안 되겠어.
오늘은 치킨 시키자.
다리랑 날개 모두 양보하고 말겠어.

흔히 좋아하는 사람이 생기면
그애가 좋아하는 것을 해주려고 하잖아.
그애가 좋아하는 것이 무엇인지 알아채고
그렇게 행동하거나, 뭐든 해주려고 하지.

물론 좋아하는 것을 받으면 당연히 좋겠지.
근데 좋아하는 것을 해주는 것보다 더 중요한 건
싫어하는 것을 하지 않는 거래.

좋아하는 것 열 가지를 해주더라도
정말 싫어하는 행동 한 가지를 하면
그 의미는 퇴색되기 마련이니까.

오후 2:00   사수가 자꾸 내 의견만 계속 무시해! ㅠㅠ

 다른 사람 의견이 더 좋았나 보지.   오후 2:02

내가 화나 있거나 울고 있을 때는

누구의 잘못인지 판단하는 판사가 되지도 말고

앞으로 어떻게 해야 할지 지시하는 플래너도

조목조목 따지는 비평가도 되지 말아줘.

너는 날 사랑하는 내 애인이잖아.

일단 내 편을 들고, 다친 마음도 아껴주란 말야….

한 사람과 연애를 하게 되면, 그 사람의 취미가 내 것이
되는 것 같아. 네가 좋아하는 영화가 어떤 것인지 이해하
게 되고, 새로운 영화를 보면 '아, 이건 네가 좋아하겠다.'
싶고, 그 감독의 영화를 왜 좋아하는지 공감하게 되지.

나는 너를 따라 영화를 보다가 영화광이 되었고,
너는 나를 따라 춤을 추다가 함께 탱고를 배우게 되었지.
그렇게 하루하루 취미를 공유하다 보면
서로가 서로의 취미가 되어가는 모양이야.

그 사람을 잊는 방법

백곰을 생각하지 마세요, 라고 말하면 백곰이 생각나지.
그 사람을 잊어야지, 생각하면
오히려 그 사람이 떠올라버리잖아.

그러니까 그냥 잊어야겠다는 생각도 하지 말고,
다른 생각을 많이 하고, 책도 많이 읽고
영화도 많이 보고 네 일상을 살아.

지금 이 글을 봐서 또 그 사람이 생각났겠지만
빨리 다음 장으로 넘겨 다른 글을 읽어서
그 생각을 밀어내버리자구.

"
아, 넌 다 잘했고 난 다 잘못했구나.

그래, 생각해보니까 말이야

내가 아주 큰 잘못을 하긴 했네.

바로 너를 지금까지 만난 것.

이놈의 자식아.

"

+

나는 애인이 있는데
다른 사람에게 눈길이 가고, 특별한 감정이 든다고?
아, 저 사람이 유혹하는데 난들 어떡하냐고?
그래, 그럴 수 있지.
그렇지만 그걸 참아낼 의지가 없다면
그건 백 퍼센트 당신의 문제야.

한번 생각해 봐.
처음엔 지금 애인도 당신에게 굉장히 매력적이고
특별하게 느껴졌기에 연애를 시작한 거잖아.
그럼 다른 사람들 눈에는 그가 매력적이지 않았을까?
당신과 연애를 시작하고 다른 사람이 다가온 적이

과연 한 번도 없었겠냐는 말이야.
또 멋진 사람을 보고 끌린 적이
단 한 번도 없었겠냐고.

당신을 사랑하기 때문에 수많은 유혹들을 이겨내고
당신 옆에서 당신만 바라보고 있잖아.

그러니까 이기적인 핑계는 집어치우고
책임질 수 있는 말과 행동만 하라고.

다른 사람들에게 웃어주는 네 모습을 보고
심장이 덜컹했어.
나한테만 웃어주는 게 아니었네.
그냥 흔한 친절인데 내가 혼자 착각하고
마음을 키운 것만 같아 슬퍼.

너는 어떤 사람이니?
너는 정확히 어떤 마음을 가지고 있니?
어디 독심술 속성 코스 없나.
너의 마음을 읽고 싶어.

구슬아 구슬아,
그의 마음을 마음을 보여줘.

마음 속에 내가 있는지
나를 특별한 사람으로 생각하는지
딱 정확하게 보여달란 말이야.

한 통의 문자로 이별을 통보받은 적이 있어.

헤어지자고 문자 하나 딸랑 보내 놓고

내 전화는 안 받고 다음 날 바로 SNS에

새 여자친구 사진을 올리더라?

사람들이 그런 헤어짐을 두고 환승 이별이라고 하더라고.

참나. 다들 환승 안 해봤어?

환승은 하차태그를 분명히 찍고, 그 다음에 승차하는 거야.

버스와 지하철을 애매하게 걸쳐 탈 수도 없고,

이 버스를 타면서 저 지하철을 예약해둘 수도 없고

하차태그 제대로 안 찍고 도둑놈처럼 내리면
환승이 적용되지도 않는다고.

그건 바람이지.
환승이라는 이름도 아까워.
버스회사에서 울겠네, 울겠어.

+

흔히 지나간 사람이 그리운 새벽이면 '자니?' 하고 문자 보내보고 싶은 마음이 들 거야. 그럴 땐 냉정하게 한 번 스스로 돌아봐야 해. 헤어진 덴 이유가 있었을 거 아냐.

므두셀라 증후군이라는 게 있어. 과거를 실제와 다르게 아름답게 포장해서 추억하는 사람들 있잖아, 그게 다 기억을 왜곡하여 나쁜 기억에서 도피하고자 하는 심리래. 내가 지금 그런 상태는 아닌지, 연락하기 전 스스로를 한 번 냉정하게 돌아보자구. 내가 만일 멋진 애인이 있다면, 과연 그래도 구 남친에게 연락을 했을지도 생각해보고. 당신이 꿈꾸는 과거, 당신이 기억하는 과거는 이미 한 번 채색된 것일지도 모른다고.

괜히 문자 보내고 뭐하러 연락했지? 하고 이불킥하지 말고, 내 마음속 기억에 어퍼컷을 날려버리자.

당신은 새로운 사람을 만나고,
더 아름다운 기억을 만들며 사랑할 자격이 있다고.

많이 아팠으니까.
그리고 지난 사람도 아름답게 기억하는 그런 마음을 가졌으니까.

"

평소엔 쓸데없이 윤기 나던 피부가

왜 데이트 전날만 되면 푸석해지고

트러블이 올라오는 거야?

어떻게든 수습해보려고 괜히 손댔다가

완전히 망해버렸어.

이쯤 되면 내 피지샘은 내 연애랑

원수라도 진 거 아닐까.

야, 이놈의 피지샘들아.

주인님 연애 좀 하자.

"

++++

part
4

오늘은
수고하지 말아요

+

나이를 먹으면서 눈물을 참는 기술이 생겼어.
회사에서 울면 프로답지 않으니까,
사람들 앞에서 울면 성숙하지 못하다고 하니까
그래서 꾹 참고 참았지.

그런데 어느 날부터인지
시도 때도 없이 눈물이 팡 터지는 거야.
TV를 보다가 조금만 감정이 움직이면 울컥
슬픈 영화가 아니라 영화 포스터만 봐도 울컥
자기 전에 핸드폰을 보면서도 시도 때도 없이 울컥해.

어쩌면 물질의 양은 변하지 않는다는
질량 보존의 법칙이 눈물에도 적용되나 봐.
제때 나오지 못한 눈물들이
내 안 어딘가에 고여 있다가 터져 나오는 것 같아.

이게 어른의 우는 법일까?
다들 아무렇지 않아 보이지만 보이지 않는 어딘가에는
참아 온 눈물을 차곡차곡 담아뒀나 봐.

+

분노를 유발하는 호르몬이 지속되는 시간은 딱 15초래.
감정이 격해지면 한 발 뒤로 물러서서 참는 게 생각보다
더 도움이 된다는 말이야. 특히 가족이나 애인같이 가까
운 사람들이랑 충돌해 감정이 격해지면 필터링하지 않
은 감정을 자꾸 뱉어내곤 하는데, 그럴 땐 안 해도 될 말
을 자꾸 해서 상처를 주고 싸움이 커지거든.

그래서 내가 감정이 격하다 싶으면 잠시 멈춰서 15초만
생각하고 말하려고 해. 그건 피곤한 일이 아니라 내 언행
을 내가 선택하는 일이니까. 난 호르몬 따위에 지고 싶지
않으니까!

나는 심각한 스마트폰 중독이라서, 눈이 자주 피곤해.
그래서 항상 블루라이트 필터를 켜놔.

필터를 꺼야 확실히 선명하게 보이기는 해.
근데 게임도 하고 인스타그램도 하고
웹툰도 보고 쇼핑도 하려면 오래오래 봐야 하니까.

유독 피곤한 날에는 내 눈에도 필터를 씌우고 싶어.
세상을 조금 덜 선명하게 보더라도,
새하얀 색이 때 탄 색으로 보이더라도, 약간 더 따뜻하게.

그러려니, 그쯤은 괜찮아 하면서.

우리나라 사람들은 감정을 감추려고 노력하는 게
습관이 되어 있는 것 같아.
웃을 때도 입을 가리고 웃고,
눈물이 나면 화장실로 달려가곤 하지.
꼭 그래야만 하는 걸까?

사람들은 흔히 이성이 감정보다 더 나은 가치라고 생각해.
그렇지만 뇌과학에서도 감정과 이성을
분명하게 나눌 수 없다고 하더라고.
감정 영역이라고 여겨졌던 변연계에서도
이성에 관여한다는 거지.

이성과 감정은 무 자르듯 구분할 수 없고
나는 결국 감정적인 인간인걸.
이제는 감정을 덜 숨기려고 해.
입을 가리고 수줍게 웃기보다 밝고 크게 웃으려 하고
버스에서 눈물이 나오면 그냥 울려고 해.

그렇게 하하하 웃고 나면 기분이 조금 더 좋아지고
좀 울고 나면 후련해져 슬픔에서 벗어날 수 있거든.
나는 내 기쁨도 슬픔도 아껴주고 존중해줄 거야.

오늘은 입을 크게 벌리고
호탕하게 하하하 웃어보면 어때?
틀림없이 기분이 좋아질 거야.

"

어떤 상황인지 캐묻지 않을게.

네가 말하고 싶을 때 말해줘.

나는 어떤 상황이든

네가 늘 행복하길 바라.

왜냐면 나는 네 친구니까. 늘 응원할게.

"

나는 절대로 안 취한다고
살면서 지금까지 한 번도 취해본 적 없다던 사람은
그날 만취하고 행패를 부려 술자리를 망쳤고
나는 무조건 애인보다는 친구라고
결혼도 절대 안 하고 친구들이랑 살 거라던 사람은
친구의 애인과 바람이 나더라.

생각해보면 '절대로', '무조건'이라는 말은
자신이 겪어보지 못한 여러 상황까지
모두 확신하며 이야기하는 거잖아.

그럼 허풍일 확률도 높은 거지, 뭐.

신중한 사람이라면 그런 말을 쉽게 하지 않는다고.
그들이 말하는 '절대로'와 '무조건' 뒤에 오는 말은
'내가 이런 사람으로 보이고 싶다'는 뜻이야.

그러니까 그들의 말을 그대로 믿기보다는
그 속마음을 짐작해보는 게 어떨까?

가끔 신나게 이야기하던 도중
이 이야기를 해도 되나? 하는 생각과 함께
가끔 멈칫할 때가 있어.

그럴 때는 일단 말을 하지 말자.
말을 뱉기 망설여지는 데는 이유가 있을 테니까.
아마도 그 말은 상대에게 괜한 상처를 주게 되거나
나의 흉으로 돌아올 만한 주책스러운 말이 되어
오늘 밤 혹은 언젠가 문득
후회로 돌아올 수도 있거든.

망설여지는 말은 일단 삼켜버리자.

말은 나중에 해도 되니까.

일단은 내 마음속에만 킵해두는 거야.

그래야 자기 전 찜찜한 기분이 들거나

이불 속에서 혼자

발차기할 일이 없을 테니까.

우리 엄마는 비숑프리제를 늘 키우고 싶어 했어.
팝콘같이 둥실둥실하고 몸은 짧뚱한 게
너무 인형 같고 예쁘다고.
동그란 비숑의 얼굴을 벽에 그려놓고
핸드폰 케이스도 비숑이 그려진 걸 샀어.

그렇게 벼르고 벼르다가 엄마는 비숑을 입양했지.
사랑이라고 이름을 붙이고, 정말 사랑을 듬뿍 줬어.

그런데 웬걸, 사랑이는 크면 클수록 점점 길쭉해지는 거야.
털도 복실복실하게 부풀지 않고 말야.
엄마는 사랑이를 감싼답시고

아직 어려서 그렇다, 털을 밀면 빽빽하게 자란다 했지만
이미 사랑이는 어딜 봐도 비숑이 아니었지.
결국 병원에 가 여쭤보니
사랑이는 잡종견이라고 알려주시지 뭐야.

그렇지만 엄마에게 그건 더 이상 중요하지 않아.
세상에서 사랑이가 제일 예쁘고 사랑스럽다며
온갖 말썽을 부려도 감싸기 바빠.

어쩌면 애정은, 기대하던 모습과는
별 상관이 없을지도 몰라.
일단 애정을 갖고 그 대상 자체를 좋아하게 되면
마음속에 가지고 있던 기대는 큰 의미가 없더라고.
미운 점도 예뻐 보이는 게 사랑이잖아.

그러니까 미용실에 다녀온 내 머리가
기대와는 다르더라도 너무 실망하지는 말아줘.
비숑 같고, 좋잖아 왜.

막 사회생활을 시작했을 무렵에는 아르바이트를 할 때 내가 받는 대우에 대해 꼬치꼬치 못 물어봤어. 세후 월급이 정확히 얼마인지, 4대보험은 되는지, 휴일은 어떻게 되는지 이런 것들. 왠지 돈 얘기는 못하겠는 거야, 뭘 물어봐야 하는지도 모르겠고.

사실 이런 생활 지식은 학교에서 배웠어야 된다고 생각해. 그렇지 않아? 앞으로 일하게 될 텐데 내가 뭘 챙겨야 하고 어떻게 일해야 하는지 알아둬야지. 우린 4대보험이 뭔지, 야근수당이 뭔지, 내가 회사에서 뭘 어떻게 요구할 수 있는지 이런 걸 배운 적이 없어. 아주 불만이 많지만, 일단은 독학해야지 뭐. 아무도 안 가르쳐준다고 안 할 수는 없으니까, 우리가 스스로 헤쳐가면서 셀프로 나를 챙겨줘야 해.

연봉도 올려달라고 요구하고, 세금 감면 등의 지원 제도가 있으면 알아보고 신청하고(꽤 쏠쏠해!), 부당한 일이 있으면 따져 묻자.

돈 챙기는 건 부끄러운 게 아니야. 돈 벌려고 일하는데 뭐! 우리가 우리 스스로를 똑똑하게 잘 챙기자구!

"

기분이 저기압일 땐

고기 앞으로 가라고 하더라.

진짜 명언이야.

아무렴. 내 기분은 내가 챙겨줘야지.

"

10대엔 사춘기 때문에 방황한다고 하잖아.
근데 난 사실 20대에 방황을 더 많이 했어.

사는 게 다 막막했거든.
내가 과연 뭘 해서 평생 먹고살 수 있을까.
이 대학교, 이 과를 졸업해서 뭘 해야 하는 걸까.
만일 결혼한다면 도대체 어디에서
평생을 함께할 남자를 만나고 결혼할 수 있을까.
집은 어느 세월에 장만한단 말인가.

눈앞이 캄캄한 막연함이 싫었고
경쟁에 발을 담글 용기가 없어

잘 되고픈 욕심이 없는 척하기도 했고
적당히만 벌고 살아야지 하며 뒷걸음질 치기도 했고
약간은 도피하고 싶은 마음으로
결혼을 상상하기도 했어.

그런데 몇몇 친구들과 이야기해보니까 다 그랬대.
아침부터 밤까지 학교에만 갇혀 있던 10대 때보다도
20대 때가 더 막막하고 힘들었대.
나만 힘든 게 아니었던 거야.
잘 달려가는 것처럼 보였던 이들도
다 끙끙 앓고 있었더라고.
그래서 나는 10대가 사춘기라면
20대는 막연하니까 막춘기라고 부르고 싶어.

네게 문제가 있는 게 아니고, 너만 막연한 게 아니고
원래 20대는 그런 시기야.
이 시기가 지나면, 덜 흔들리고 덜 아프고
보다 단단해지는 시기가 분명히 찾아온다는 걸 기억해.

흔히 안 좋은 일이 있을 때 어른들은 액땜을 한다고 말하지.
액땜은 작은 액운으로 큰 액운을 막는다는 뜻이래.

나는 그 말이 그렇게 좋더라.
내게 벌어지는 나쁜 일이 앞으로 일어나는 큰 사고를 막고
더 좋은 일을 오게 해 준다는 믿음.

사실은 인생이 이랬다 저랬다 하니까
당연히 좋은 일도 있고 나쁜 일도 있는 거겠지만.
그래도 나쁜 일이 있을 때
거기에만 빠져들지 않고 앞을 내다보게 해주는 거잖아.
그래서 액땜은 생각보다 괜찮은 미신인 것 같아.

나쁜 일이 벌어질 때, 스트레스를 받을 때
한번 중얼거려보자.

얼마나 좋은 일이 생기려고 이러냐악!

"

자기 전에 스마트폰을 보면

눈 건강에 안 좋다, 숙면을 방해한다,

뭐 그런 말들이 있지.

하지만 나는 지금 건강을 챙기는 중인걸.

내일 출근하는 나의 정신건강을.

"

부정적인 생각을 막는 주문

〈인사이드 아웃〉이라는 영화를 봤어.

거기에선 한 사람 안에 다섯 가지의 감정이 있다고 하더라?

기쁨이, 슬픔이, 까칠이, 버럭이, 소심이가 있고

걔네가 돌아가면서 핸들을 잡는 거야.

유독 슬픔이가 핸들을 많이 잡는 날이 있지.

부정적인 생각이 나를 지배하는 날.

어떤 표정을 지어야 할지 모르겠고

더는 버틸 수 없다는 생각이 들고

세상 부정적인 사람이 되어버리는

늪으로 늪으로 빠져드는 그런 날.

그럴 때는 주문을 외워줘.

내 귀를 딱 잡고 슬픔이에게 말하는 거야.

"슬픔이 핸들 놓아. 멈춰."

'지금 내가 부정적인 생각에 휩쓸리고 있다'는 걸

똑바로 인식하는 게

나와 부정적인 생각을 분리하는 첫걸음이라고 해.

그걸 인식하고, 부정적 감정에게 말을 걸 수 있다면

분명 그 부정적인 생각을 컨트롤할 수 있을 거야.

그러니까 온통 슬픈 어느 날엔

내 안의 핸들을 잡은 슬픔이를 불러서 멈춰 세우자.

"오늘 슬픔이가 핸들 잡았구나.

이제 그만 멈추자. 하나, 둘, 셋!"

+

근육통으로 온몸이 괴로워서 한의원을 찾아갔어.
이 정도 오래 근육이 뭉쳤으면 침을 놓아야 한대.
어깨랑 머리까지 놓아야 한다는 거야.

근데 나는 주사 공포증이 있거든.
세상에, 머리에 침이라니.
난 무서워서 싫다고 침을 거절하고 물리치료만 받았어.
그런데 물리치료를 몇 번이나 받아도
근육이 풀리질 않고 뻐근하기만 한 거야.

그래서 결국 큰 용기를 내어 머리에 침을 맞기로 했어.
등과 승모근, 뒷목과 머리에 침을 잔뜩 꽂고

그 침에 기구를 연결해서 전기자극을 줬어.
정말 끔찍했어.
침을 놓을 때마다 짐승 울음소리를 내서
의사선생님을 웃겼지 뭐야.

그런데 확실히 그 아픈 시간을 견디니까
그제서야 굳었던 근육이 풀리더라고.
어깨가 얼마나 시원하던지.

아무래도 오래오래 묵은 응어리를 풀기 위해서는
살을 뚫고 침을 꽂고
전기를 흘려보낼 정도의 용기가 필요한가 봐.

"

일이 안 되는 날도 있는 거지 뭐.

거기에 낙심하기보다는

일이 잘 되는 날을 하루라도 더

늘려보기로 해!

"

+

어느 날, 강연에서 이런 질문을 받았어.
이직을 하고 싶은데
나이가 너무 많아서 늦은 것 같아 걱정이라고.

그래서 대답을 해드렸지.
몇 년 늦은 건 사실일지 모른다고,
근데, 그게 뭐 대수냐고.

우리나라는 나이에 따라 과업을 정해놓고
거기에서 조금 벗어나면 실패하는 것처럼 생각하곤 해.

몇 살엔 학교를 졸업해야 하고

몇 살엔 취직을 해야 하고

몇 살엔 결혼을 해야 하고, 아이를 낳아야 하고

또 차를 사야 하고, 집을 사야 하고.

그치만, 이제 백 세 시대라고 하잖아.

나는 30대 중반에 책을 쓰기 시작했고

우리 엄마는 50대 중반에 바리스타 자격증을 땄고

박막례 할머니는 70대에 유튜브 스타가 되었는걸.

늦었다고 실패한 게 아니야.

그러니까 좌절하지 말아.

몇 살이든 하고 싶은 걸 하면서 산다면

승리자 아니겠어?

그냥 일상을 잘 지내다가도, 갑자기 불안과 막막함이 들이닥칠 때가 있지. 나 잘 살고 있나? 계속 발전 없이 이대로 살다가, 집도 절도 없이 가난하고 비참한 죽음을 맞이하면 어떡하지?…

불안은 때때로 나와 내 일상을 잡아먹곤 해.

얼마 전, 한 친구가 불안하다고 울었어. 자신의 능력이 의심되고, 모든 것을 잘못하고 있는 것 같다고. 그런데 그 친구는 항상 똑부러지고, 어른스럽고, 유능하고, 늘 내게 멋진 조언을 해 주는 친구였거든. 나는 진심을 담아 잘 하고 있다고 말했지만, 그 진부한 말은 그애의 불안을 딱히 잠재우지 못한 모양이야.

한 발짝 떨어져서 보면 차고 넘치게 잘 해내고 있는 친
구도 막상 본인의 반짝임은 잘 모르는 것 같아. 모두에게
일상은 고되고 지리하게 반복되니까 하루하루 치이다
보면 내가 잘 하고 있는지 아닌지, 미래는 어떨지 보이지
가 않는 거지.

어쩌면 지금은 힘들어하고 있어도
스스로 생각하는 것보다 잘해나가고 있을지도 몰라.
괜히 불안을 키우지 말고, 최대한 생각을 줄이고,
그냥 하던 대로 묵묵히 해 나가는 거야.
그게 불안을 대하는 가장 좋은 태도 아닐까.

"

늦었다고 할 때가 정말 늦었다고 하더라.

그래 늦었다. 근데 그럼 뭐 어때?

이미 걸어온 길보다 좋은 길로 가는 게

더 중요하지.

"

그거 알아? 에펠탑이 처음에 파리에 세워졌을 때, 사람들에게 그렇게 비난을 받았대. 흉물스럽고 거대해서 파리의 미관을 해친다는 거야. 사람들이 정말정말 싫어했지만 에펠탑은 파리 시민의 전기 송신탑으로 사용되어서 할 수 없이 오랜 시간 동안 그 자리에 있게 되지.

그런데 정말 정말 크잖아, 에펠탑은. 아침에 눈 뜨면 보이고, 학교에 가도 보이고, 산책을 해도 보이는 거야. 툭 하면 사진의 배경이 되고 말야. 그러다 보니 언젠가부터 에펠탑은 사람들에게 아름답다는 칭송을 받게 되고, 독특하고 멋지고 힙한 파리의 상징이 되고 말았어. 파리에 가면 꼭 에펠탑 사진은 찍어 오잖아. 이렇게 자주자주 노

출되면 자연스럽게 호감을 갖게 되는 걸 두고 '에펠탑 효
과'라고 한다지 뭐야.

그러니까 누군가에게 호감을 사려면
일단 무조건 자주자주 눈에 띄어야 해.
호감이 생기도록 말이야.
파리의 에펠탑처럼 그와 최대한 자주 마주쳐보자고!

+

사람들이 종종 하는 인사말 중에
'수고하세요'가 있지.
나도 가끔 사용하는 인사말이기도 해.
근데 '수고하다'라는 말은
'일을 하느라고 힘을 들이고 애를 쓰다'라는 뜻이래.

왜 우리는 힘을 들여라, 애를 써라 하고 인사하는 걸까?
안 그래도 모두 힘든 세상인데 말이야.

같은 일을 하더라도,
힘을 덜 들이고 수고를 덜 하고
즐겁고 여유롭게 해내면 그게 훨씬 좋은 일이잖아.

그래서 말인데,
"수고하지 마세요"라고 인사하는 건 어떨까?
나도, 당신도, 너무 수고하지 말고
적당히 여유로운 하루가 되었으면 좋겠어.

그런 의미에서,
오늘만큼은 수고 대신 칼퇴를 해보자고. 흐흐.

그래도 원점은 아니야

예전에 치아 뿌리가 부러져 염증이 생기는 바람에 어금니를 뽑았었어. 잇몸에 깊은 상처가 나서 그곳이 잘 아물어야 임플란트를 튼튼하게 심을 수 있다고 하더라고.

그래서 정말 조심해서 음식을 먹었어. 그런데 상처가 아물다가도, 밥을 먹다가 스치기만 하면 자꾸 아물었던 부분이 떨어지고 깊은 상처가 드러나는 거야. 너무 속상하고 스트레스를 받았어. 아물었던 것들이 계속 원점으로 돌아가는 것 같아서.

그런데 그게 몇 번 반복되고 나서야 알았어. 다시 아무는 속도가 점점 빨라지고 있으며, 깊었던 상처가 아주 조금씩 얇아지고 있다는 걸. 내 잇몸은 느리지만 결국 아물었고, 지금은 임플란트를 잘 버티고 있거든.

마음의 상처도 그렇지 않을까? 한번 아픈 일을 겪은 사람들은 작은 일에도 다시 그 상처가 덧나서 아파하곤 해. 언제쯤 이 감정이 끝나는 걸까, 결국 영원히 고통받는 것은 아닐까, 괴로워하면서 절망적인 생각을 하기도 하지. 그렇지만 몸의 상처가 아무는 것처럼, 마음의 상처도 사실 아주 조금씩 나아지고 있는지도 몰라.

그러니까 같은 일로 자꾸 좌절감이 든다고 해도 너무 자신을 탓하거나 스트레스를 받지는 마. 우리의 몸과 마음은 생각보다 느리지만, 끈질긴 치유력을 가지고 있으니까.

"

가끔은 친한 사람보다

아예 모르는 사람이 편하기도 해.

나를 드러내지 않고도

내 이야기를 하고 싶은

그런 마음이 들 때가 있거든.

"

외모만을 칭찬하고 생각과 가치관은
전혀 궁금해하지 않는다면
당신의 생각보다는 겉모습에만 관심이 있다는 거겠지.
혹은 누군가의 마음을 들여다볼 줄 모르는 사람이거나.

영화 〈500일의 썸머〉에서 톰은 썸머를 사랑하지만
썸머는 결국 톰을 떠나 다른 사람에게 가잖아.
톰의 입장에서 썸머는 천하의 나쁜 여자일지 몰라도
사실 썸머는 자신이 읽는 책에 대해
처음으로 물어본 남자에게 간 것뿐인걸.

네가 내 외모 말고도 내가 어떤 사람인지 알아주면 좋겠어.
내가 어떤 행동을 좋아하고 어떤 행동을 싫어하는지
어떤 책을 읽고 무엇을 생각하는지
들여다봐줬으면 좋겠어.

그렇게 서로가 세상을 어떻게 바라보는지 알아가는 건
정말 멋진 일일 테니까.

음식 두 개 중 고민될 때가 있잖아.
그럴 때 고르는 방법은
타인에게 아무거나 골라보게 하는 거래.

그렇게 타인이 하나를 선택하면
그 선택을 다시금 곱씹으면서
내가 둘 중 무엇을 더 원했는지 알게 된다는 거야.

아마 우리 삶에서 다양한 선택들도 그럴 거야.
나는 좋아하는 게 없는 것 같고
내가 뭘 잘 하는지도 모르겠지만

누군가 내 인생에 이래라저래라 간섭하고 관여한다면
이야기가 달라지거든.

나는 모른다고 단정 짓지 말고
가만히 내 마음을 들여다봐.

누가 내 인생에 참견할 때 반발심이 치솟는 건
사실 내 마음속 깊은 곳에서
무언가를 원하고 있기 때문이니까.

" 남에게 내 진심을 숨기는 편인데,

이상하게 너한테는

자꾸 이 얘기 저 얘기 하고 싶어져.

이게 사랑일까?

"

+ + + + +

part
5

우리에게도

꼬리가 있었으면 좋겠다, 첫

가끔 가다가 민폐 갑인 사람들이 있잖아. 그들의 공통점은 늘 당당하다는 거야. 도서관에서 큰 소리로 통화를 하고, 시끄러워서 사람들이 쳐다보면 더 시끄럽게 통화를 하고, 다들 줄 서 있는데 새치기를 하고, 누군가 지적하면 오히려 화를 내는 사람들. 보는 사람들이 오히려 부끄러워지고 말지.

마음 같아서는 진짜 그 당당한 얼굴에 뿅망치를 파박!!! 날리고 싶어. 하핫.

갑자기 연락이 끊겼다고
우리 친구 아니었냐고, 섭섭하다고
어떻게 이럴 수가 있냐고?

나에겐 갑자기가 아니야.
그동안 사실 많이 참았거든.
몇 번의 경고마저 흘려들은 네겐
이게 최선의 방법 같아.

이 말조차 당신에게 굳이 전하지는 않겠지만.

+

다른 사람들에 대해 뒤에서 숙덕거리는 건 참 쉬운 일이야. 고향은 어딘지, 남자 친구 직업은 뭔지, 옷 브랜드는 뭔지, 결혼은 언제 하는지, 그 속눈썹은 붙인 건지 등등. 남의 일이 도대체 왜 그렇게들 궁금할까?

그런 사람들의 질문에는 모르는 척하는 게 상책이야.
물어보면 그냥 대답해주고,
어떻게 생각하건, 어떻게 말하건
굳이 생각하지 않는 게 좋아.

사람들은 내게 좀 무딘 편이다, 성격이 둥글다, 둔하다고 말하지만, 사실 나는 예민 보스인걸. 다 알고 있어. 그들이 뒤에서 내 이야기 하고 있는 거. 그리고 그 의도가 아름답지는 않다는 거. 근데 그냥 그래라 하는 거야.

그런 말들은 신경 써도 막을 수 없고, 나만 스트레스 받으니까 일부러 생각 안 하는 거지 뭐. '그래 말해라. 실컷 떠들어라. 뭐 그래서 어쩔 건데?' 하는 거야.

내 행복에는 이게 훨씬 도움이 되더라고.
즐거운 일에만 에너지를 써도 모자라.
신경 쓸수록 피곤한 일은 생각하지 않는 걸로 해!

"

난 내게 착하지 않은 사람에겐

착한 사람이 되고 싶지 않아!

착함은 기브 앤 테이크라고.

"

내가 왜 그때 아무 말도 못했지? 하고
혼자 이불킥을 날릴 때가 있어.
그럴 때 나는 과거로 돌아가는 상상을 해.

"너보단 내가 낫지"라며 친구가 나를 무시하던 순간
"나는 어디 커피만 마셔요, 따로 사와요!"라며
과도한 갑질을 당하던 순간
"자네보다 신입 스펙이 더 좋네?"라며
상사가 비수를 꽂던 순간.
소심한 나는 늘 웃어넘겼는데,
지나고 나니 너무 후회되는 거 있지.
하지만 이제부턴 꾹 참지 않고 이렇게 대처하려고 해.

하나, 내 감정을 어떻게든 말할 거야.

"나 상처 받아."

"심부름꾼이 된 기분이네요."

"그 말씀은 좀 당황스럽네요."

현실적으로 적절한 단어가 빠르게 생각나지 않는다면

"그 말은 좀 그렇네요"처럼

완곡하게라도 꼭 표현할 거야.

둘, 무심하게 상대의 말을 반복할 거야.

"야, 내가 너보다 못났다고?"

"갑님 커피만 따로 사다 드려요?"

"아, 제 스펙이 부족하죠?"

그것만으로도 본인이 뱉은 말을

객관적으로 인식할 수는 있을 테니까.

셋, 무표정한 얼굴로 빤히 쳐다볼 거야.

적절한 대처가 바로 생각나지 않는다면

웃지 않고 무표정으로 빤히 쳐다볼 거야.

통화 중이었다면 침묵을 지키고 언짢은 티를 낼 거야.

기분 나쁠 때도 웃어넘기면
그냥 우스운 사람이 되더라고.

쏩쓸하지만, 늘 사람 좋게 넘어가다 보면
존중받지 못하는 사람이 되기 쉬워.
게다가 그런 일이 반복되면
나조차 나를 탓하기도 하잖아.
그러니까 우리, 앞으로는 꾹 눌러 참지 말고
적절히 대처하자.

'그때 내가 왜 그랬을까' 하며 자책하기보다는
'다시 생각해도 잘 대처했어!' 하고
나를 추켜세울 일들을 만들어가는 거야.

언젠가부터 너무 당연한 매너를 지키지 않는 사람에겐
싫은 소리를 하지 않게 돼.

말을 해서 알아들을 사람이었다면
애초에 그렇게 행동하지 않았을 거거든.
말하는 사람 입만 아프잖아.

어차피 말이 통하지 않을 사람이라면
그냥 넘어가는 게 상책일 때도 있어.

"

나는 내가 꽤 쿨하다고 생각했는데

가끔씩 인간관계에 있어서

쓸쓸함이 몰려올 때가 꼭 있더라고.

'서로 위하는 관계'라고 생각했는데

'나 혼자 위하는 관계'였단 걸

깨달았을 때.

"

주위에서 성공하는 친구들을 보면, 불안한 마음과 질투심이 생기곤 해. 이 친구는 저만큼 성공하는 동안 나는 뭐했지? 하며 초조하기도 하고, 저 친구 연봉은 얼마나 될까 짐작해보기도 하면서 내 지질한 모습이 더 초라하게 느껴지기도 하지.

그건 자연스러운 거야. 원래 남이 잘 안되면 안쓰러워하긴 쉽지만, 남이 잘됐을 때 진심으로 축하하는 건 어려운 일이래. 그러니까 당황하지 말고, 그냥 축하해주기로 해. 친구는 친구의 길이 있고, 나는 나의 길이 있잖아. 친구가 잘된다고 내가 못되는 것도 아니고, 내 친구가 못나빠진 것보다야 잘난 게 더 좋지. 그러니까 축하할 일엔 멋지게 축하를 해주자!

내가 가진 것과 본인이 가진 것을
계속 비교하는 친구와는
멀어져도 괜찮아.

그 친구는 내가 잘되면
자신과 비교하며 배 아파하거나 날 깎아내릴 것이고
내가 잘 안 되거나 힘든 상황이면
자신과 비교하며 위안을 삼거나 우쭐해할 테니까.

이런 관계는 서로를 지치게 만들어.
때로는 적당히 거리를 두는 게 좋을 거야.

늘 '제일 좋아!! 꺄!!' 하는 사람도 부담스럽고 늘 회의적
인 표정으로 '아냐. 됐어, 아니, 별로야.'
하는 사람도 같이 있기 불편해.

어떤 관계든 강강강강강. 약약약약약. 하면
멀어지는 것 같아.
그러니까 가끔씩 페이스 조절을 해주는 걸로.

직장선배가 자꾸 내 말만 무시해 ㅠㅠ
오후 2:00

헐 언제부터?
오후 2:02

몇 달째 내 말에만 대답을 안 해줘,
인사도 무시하고 근데 남들은 잘 모르네...
내가 예민한 건가?
오후 2:03

📞 🎥

그게 뭐가 중요해, 이미 넌 상처받았는데ㅠㅠ

전송

"

오지라퍼에게 대처하는

만능간장 같은 답변.

'아 그렇게 생각하시는군요.'

그리고 그 말의 속뜻은

'그건 니 생각이고.'

"

막말 하는 사람들의 속마음

"나는 원래 솔직한 스타일이야"라면서
막말하는 사람들 있잖아.
그런 사람들의 특징이 있다?
사람을 봐가며 말한다는 거야.
자기보다 높거나 자길 받아주지 않는 사람에겐
톤은 좀 세더라도 선을 넘는 말을 하지 않더라고.
범죄자들이 자신보다 약한 대상에게만
범죄를 저지르는 것과 같은 심리겠지.
그들은 꼭 자기를 좀 받아주는 사람이나
자기보다 아래구나 싶은 사람에게
유독 무례하고 선을 넘는 말을 편안하게 하더라니까.

그러니까 습관적인 막말은 진짜로 막 뱉는 말이 아니라
속마음으로 다 위아래를 계산해서 하는 말이야.
'얘한테는 이 정도로 말해도 되겠지' 하고
어림잡아서 툭툭 말을 내뱉는 거라구.

그러니까 선을 넘는 말을 할 때는 꼭 알려줘.
우리가 계속 가만히 있으면 막말러들은
'얘한테는 이래도 되는구나' 하고
앞으로도 가시 돋친 말을 마구 뱉어낼 테니까.

고양이나 강아지는 꼬리에 감정이 드러나잖아.

우리 집 고양이, 혼자 삐져 있다가도 내가 부르면

꼬리를 일직선으로 세우고 부르르 떨거든.

새침한 표정을 지어도 기쁜 감정을 숨기지 못하더라고.

사람도 원래는 꼬리가 있었다고 해.

그런데 직립보행을 하면서

꼬리가 퇴화되어 없어졌다는 거야.

지금도 만져보면 엉덩이 사이에 꼬리뼈가 있잖아.

가끔은, 사람에게도 여전히

꼬리가 남아 있었으면 어떨까 상상해.

새침한 얼굴을 하면
속으로 어떤 생각을 하는지
전혀 알 수가 없으니까.

꼬리가 생긴다면 서로 속고 속이는 일이 없을 텐데.
나를 좋아하는 줄 알았다가 상처받는 일도 없을 텐데.
꼬리뼈는 왜 퇴화한 거야, 쳇.

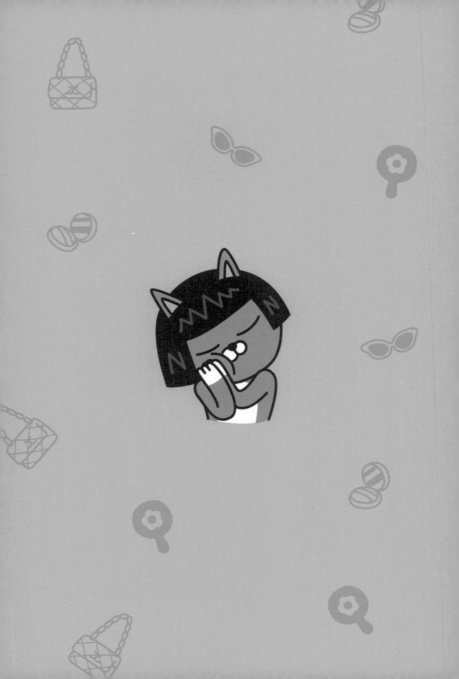

"

진심을 주고받을 수 있는 사람에게만

내 좋은 일과 나쁜 일을 나누세요.

내 진심을 가십거리로 보지 않는 사람만

곁에 두세요.

그런 사람은 단 한 명만 있어도,

충분하니까.

"

옛날 옛적에, 한 사자가 기린을 사랑했대.
그래서 사자는 투뿔러스 한우를 힘들게 힘들게 구해서
먹기 좋게 다듬어서 갖다 주고는 아주 뿌듯해했대.
이것 봐, 내가 너를 이렇게 사랑한다고.

그렇지만 너무 당연하게도, 기린은 시무룩했지.
이건 내가 좋아하는 게 아니잖아.

이 이야기에서 우리는
내가 좋아하는 걸 열심히 구해다 줬다고 해도,
그게 상대가 원하는 게 아니라면
노력했다는 것 이상의 의미가 없다는 걸 알 수 있지.

누군가를 아끼고 사랑한다면
무턱대고 주고 싶은 선물을 주는 게 아니라
상대의 입장에서 생각해야 해.
그애의 취향을 기억했다가 좋아하는 걸 주란 말이야.

사자가 기린을 유심히 보다가
싱싱한 과일과 나뭇잎을 구해다 줘야
기린이 아, 사자는 정말 나를 생각해줬구나! 하면서
기쁘게 먹지 않겠어?

B형 간염이 유행이라고 해서 예방 주사를 맞으러 보건소에 갔어. 그런데 검사해보니, 나는 이미 B형 간염을 물리치는 항체를 가지고 있다는 거야.

언젠가 내 몸에 병원균이 침투했던 거지. 내 몸은 영문도 모르고 꽤나 힘들었겠지. 그런데 결국 나는, 나도 모르는 새 고통을 이겨내고 병원균을 물리치는 항체를 얻었지 뭐야.

때로는 아픈 일이,
내게 그걸 이겨낼 수 있는 항체 같은 힘을 주나 봐.

어떤 일로 아파하는 동안 어쩌면 나에게는

그 일을 이겨낼 수 있는 힘이 생겨나는 거지.

때로는 아픈 일이 쓸모 있을지도 모르겠어.

간염 균이 내게 침투해도

그걸 이겨낼 수 있는 항체를 만들어주듯,

상처는 또 다른 아픔을 극복할 수 있는 힘을 길러줄 거야.

우리 집 고양이는 고도비만에

말썽도 자주 부리지만,

나는 녀석을 늘 정말 사랑해.

딱 그만큼만 나를 사랑해보려고.

가끔 마음에 들지 않는 구석도 있지만,

나는 날 늘 정말로 사랑할 거야옹.

에필로그

+ 토마토 양과 바질 군

그거 알아?
토마토랑 바질을 같이 키우면
둘 다 아주 잘 자란대.

토마토에 남아도는 수분을 바질이 흡수해서
둘 다 적당히 촉촉해진다는 거야.
그 둘이 꼭 우리 같다고 생각했어.

감정적인 나와 이성적인 너.
늘 다른 이야기를 하는 것만 같고
크고 작은 갈등도 있었지.

그런데 사계절을 함께하니 알겠더라.

우리가 서로 다른 이야기를 하고 있지만

같이 있어서 더 멋진 모습이 되었다는 것을.

그래서 나는 네게 꼭 말하고 싶어.

다가오는 봄, 여름, 가을, 겨울도

우리 이렇게 함께하며 촉촉하게 보내자고.

+ + +

KAKAO FRIENDS x arte

"내가 좋아하는 이야기부터 하나씩 시작해볼게.
이젠 나를 읽어줘."

당신의 모든 날을 함께하기 위해
카카오프렌즈가 찾아왔습니다.
선물 같은 그들의 이야기를 하나하나 들어주세요.

위로의 아이콘, 듬직한 조언자
라이언

／

라이언, 내 곁에 있어줘
with 전승환

어디로 튈지 모르지만
사랑스러운 악동 어피치

／

어피치, 마음에도 엉덩이가 필요해
with 서귤

화나면 미친 오리가 되는
반전 매력의 소유자 튜브

／

튜브, 힘낼지 말지는 내가 결정해
with 하상욱

토끼옷을 입고 다니는 무지
&
악어를 닮은 정체불명의 콘

／

무지, 나는 나일 때 가장 편해
with 투에고

패션 감각 넘치는
발랄한 현실주의자 네오

/

네오, 너보다 나를 더 사랑해
with 하다

허점마저 매력적인
로맨티스트 도시개 프로도

/

프로도, 인생은 어른으로 끝나지 않아
with 손힘찬 (오가타 마리토)

네오, 너보다 나를 더 사랑해

1판 1쇄 발행 2019년 11월 22일
1판 2쇄 발행 2021년 3월 21일

지은이 하다
펴낸이 김영곤
펴낸곳 아르테

출판사업부문 이사 정지은
뉴미디어사업팀장 이지혜 뉴미디어사업팀 이지연 강문형
마케팅팀 배상현 김신우 한경화 이나영
영업팀 김수현 최명열 제작팀 이영민 권경민
디자인 vergum

출판등록 2000년 5월 6일 제406-2003-061호
주소 (우 10881) 경기도 파주시 회동길 201(문발동)
대표전화 031-955-2100 팩스 031-955-2151

ISBN 978-89-509-8419-9 / 03810
아르테는 (주)북이십일의 문학 브랜드입니다.

(주)북이십일 경계를 허무는 콘텐츠 리더
21세기북스 채널에서 도서 정보와 다양한 영상자료, 이벤트를 만나세요!

페이스북 facebook.com/jiinpill21   포스트 post.naver.com/21c_editors
인스타그램 instagram.com/jiinpill21   홈페이지 www.book21.com
유튜브 youtube.com/book21pub

당신의 인생을 빛내줄 명강의! <유니브스타>
유니브스타는 <서가명강>과 <인생명강>이 함께합니다.
유튜브, 네이버, 팟캐스트에서 '유니브스타'를 검색해보세요!